TRANSCARIBEÑX

TRANSCARIBEÑX
YOLANDA ARROYO PIZARRO

egales
editorial

BARCELONA - MADRID

© Yolanda Arroyo Pizarro, 2017

© Editorial EGALES, S.L., 2017
    Cervantes, 2. 08002 Barcelona. Tel.: 93 412 52 61
    Hortaleza, 62. 28004 Madrid. Tel.: 91 522 55 99
    www.editorialegales.com

ISBN: 978-84-16491-98-8
Depósito legal: M-24692-2017

© Imagen de cubierta: Sarah Jarrett, Arcangel Images

Imprime: Ulzama Digital. Pol. Ind. Areta, calle A-33
    31620 Huarte (Navarra)

«Let's face it. We're undone by each other.
And if we're not, we're missing something.»
— Judith Butler, *Undoing Gender*

«Nobody's anybody's anything anymore.»
— From the movie *Seeking a Friend
for the End of the World* (2012)

«We are unstoppable.»
— Conchita Wurst

«Possibility is not a luxury; it is as crucial
as bread.»
— Judith Butler, *Undoing Gender*

A nosotrxs, lxs transmutadxs.

A Alejandro Tapia y Rivera por su novela *Póstumo el envirginiado o la historia de un hombre que se coló en el cuerpo de una mujer* (Puerto Rico, 1882). También por *Póstumo el transmigrado: historia de un hombre que resucitó en el cuerpo de su enemigo* (Puerto Rico, 1872).

A la amada Lizza Fernanda, transmigrada del Dr. Luis Felipe Díaz.

TABLA DE CONTENIDO

transmigradxs

Estatua dedicada al culto del hermafroditismo en la isla de Chipre. Siglo IV a.C.

changó

Luego que Póstumo se quedó solo en su alcoba con su nuevo cuerpo, contemplolo a su sabor y vio que era cabal, hermoso y digno de ser amado.

— Alejandro Tapia y Rivera
(*Póstumo, el envirginiado*)

1

A Changó Almonte le han dicho que ofrezco mis servicios de acarreo desde Isabela hasta Cataño con rebajas sustanciales a cambio de actividad sexual. Me lo sugiere en voz murmurada luego de haberse bajado de la yola junto a los demás indocumentados. No lo menciona de inmediato ni directamente: es su regodeo e indecisión lo que me parece más atractivo. Me pide si puede hablar algo privado conmigo e intuyo con rapidez de qué se trata. Primero lo miro con sospecha de arriba abajo. Es un negro sufrido pero guapo, con molleros aceitados que casi lo hacen parecer haitiano y cuya melancolía se arremolina en el batir de sus pestañas. A mí los haitianos me gustan incluso mucho más que los dominicanos, pero a veces hay que arar con los bueyes que aparecen.

Lo segundo que hago es inhalar fuerte, lánguidamente. Changó huele a algas marinas y a alcanfor. Su tufo casi es perceptible a la vista si uno se concentra en la bioluminiscencia que le resbala por la nuca. Tiene además un afro acolchonado tirando a rubio, que quizás se deba a la decoloración de los rayos solares o a la sobrexposición de algún tinte de cabello. Mientras lo estudio pongo rostro de mucha seriedad y le digo que sí con la cabeza. Le hago señas y él me hace caso. Nos retiramos más allá de las rocas, para tomar distancia del resto.

Entonces me dice *Soy Changó Almonte, y soy bien macho, pero no tengo el dinero completo.*

Como llevo la linterna encendida desde que inicié la caminata hasta la orilla a través de los matorrales, enfoco la lámpara hacia su pecho cubierto por una camiseta desgastada que dice *Barahona Liquor Store*. Le digo que se la quite y Changó obedece de inmediato. *¿Te deshidrataste en el camino?*, le pregunto y me dice que no. *Nos dieron a beber Gatorade*, añade. *¿Puedo verte las nalgas?*, indago y él mira a todos lados. *¿Aquí?*, cuestiona con indecisión y yo le digo que sí. Luego de unos minutos Changó se voltea y sin bajarse completamente los pantalones me deja ver sus acomodadas posaderas. Cuando voy a tocarlas él se aleja y exclama: *Dime primero si va el trato; es que me han dicho que esto no lo haces con todo el mundo*.

Changó tiene razón. Le han informado muy bien. Si el cliente puede pagarme, pues nada malo tiene el que yo cobre la tarifa regular que incluye esperarlos el día acordado en la orilla, montarlos en mi guagua de pasaje tipo *van* y transportar a aquellos que desean localizarse en el sector La Puntilla, Las Vegas, el Barrio Juana Matos o en cualquier parte del pueblo costero. Nunca los llevo ni a Santurce ni a Comerío, mucho menos a Ponce; eso le toca a otro carrero. Mi *espertís* es la ruta para Cataño. Cuando el cliente no ha reunido todos los dólares o se queda corto por cualquier razón, puedo hacerme de la vista larga por una buena venida, siempre y cuando el tipo me guste. Pero tiene que gustarme. Si no me agrada se puede ir a la mismita mierda.

¿Estás enfermo?, pregunto y de inmediato me dice que no. *¿Lo has estado alguna vez?*, insisto. Vuelve a negar. *Mira que si me estás engañado te busco y te mato*, le aclaro sin un ápice de falsedad. Changó baja la cabeza y me confiesa que una vez, a sus quince años, expulsó una cantidad exagerada de pus amarillento por el ojal del pene. Una amiga veterinaria le administró una inyección de penicilina que lo curó y luego de eso nunca más volvió a padecer de nada. Ahora tiene veintinueve años y *estoy como coco*, añade. Yo me río y él se tira una carcajada, coqueto.

Changó entonces escucha con mucha atención mis instrucciones:

Uno, llegamos a la casa de huéspedes «pasaos por agua», en donde te vas a quedar por esta semana. Dos, allí haces los arreglos que previamente acordaste con el Gordo cuando se hablaron por celular. Tres, te metes a bañar y yo te inspecciono. Cuatro, esperas por mí a que yo decida qué te toca hacer y por cuánta cantidad vamos a transar el asunto. ¿De acuerdo?

El moreno-pestañas-de-mari-posa hace un gesto dubitativo. Yo coloco una mano sobre la gorra de los Chicago Bulls que llevo en la cabeza. *¿Qué no entendiste?*, le digo. *Es que me dijeron que tú «eres especial», que no penetras y me quiero asegurar de que sea así*, dice él bajito, como masticando cada palabra.

¿Te preocupa que te coma el culo?, cuestiono y debo confesar que aquel gesto suyo de temor incipiente comienza a excitarme. Changó asiente con la cabeza.

No temas, prometo que si te lo meto no te dolerá.

De inmediato regresamos al grupo que se ha quedado de pie, impaciente, al lado de mi transporte. Miro a la playa en donde ya diviso a Macarena, la capitana de la yola, montada en el barquito que se aleja mar adentro, mientras dice adiós con ambos brazos. Me hace un gesto colocando la mano cerca de su oreja, lo que interpreto como que desea que la llame más tarde. Emito un silbido agudo, a modo de código entre ella y yo, que de inmediato entiende. La promesa de una nueva comunicación entre aquella jabá sabrosa y yo queda sellada.

Síganme los buenos, digo a mis ocho inmigrantes, y todos obedecen. Todos. Hasta el más pequeño que aparenta tener unos siete años. Me pagan la tarifa correspondiente y comienzan a acomodarse en la guagua, que enseguida enciendo y dirijo hacia la carretera principal.

2

Aún no amanece cuando llegamos a la casa de los indocumentados. Miro por el espejo retrovisor y noto cómo la madre y su niño se han quedado dormidos. También dos de las muchachas jóvenes y uno de los hombres. Los cuellos doblados y los rostros pegados a los cristales de la *van* se mueven en tiránica inclinación. Changó ha permanecido despierto todo el trayecto y hemos intercambiado algunas miradas amenas. Me sorprende que de vez en cuando se sonría conmigo.

Cuando los dominicanos comienzan a apearse y a recoger sus motetes, me adelanto y abrazo a Gordo. Al oído le digo que tenemos que hablar. Él se queja, *No vengas a joder desde temprano, cabrón.* Le digo que es serio, que necesito referencias. Gordo da instrucciones a su mujer y a su corteja —ambas viven con él— para que atiendan a los arrimados. Luego de fiscalizar la identidad de cada uno de ellos, comparando sus rostros con las fotografías que tiene almacenadas en el teléfono celular y pareando sus nombres con la identificación que cada dominicano hace de sí mismo, Gordo me choca la palma de la mano y me dice que lo acompañe. Lo sigo hasta la parte de atrás de la casona de cuatro pisos. *Loco, ¿qué carajo es eso de llamarte Changó?,* dice refiriéndose al joven Almonte mientras se ahoga de la risa. *Por mi madre que cada vez hay más dominicanos prepotentes. El mes pasado llegó una aquí llamada Shakira y otro que lo bautizaron Obama, imagínate. A este pendejo le voy a decir Yemayá de ahora en adelante.*

Precisamente de ese te quiero hablar, le digo. *Necesito saber qué pata puso ese huevo. De dónde es, a qué se dedica, no vaya a ser que traiga truco y sea encubierto y nos jodamos todos.*

A ver, te averiguo de inmediato de qué Olimpo han escupido al tal Obatalá. Pérate, exclama mientras entra a un cuartito del cual extrae un dispositivo electrónico tipo tableta. Gordo accede a una plataforma de red social que llevamos años utilizando para este tipo de brete. Le envía un mensaje a su contacto en Puerto Plata y acto seguido el tipo le contesta. Se ponen a chatear mientras yo espero.

Reconozco la plataforma en línea porque es la misma que uso cuando me comunico con Macarena. Tengo gratos recuerdos con la pecosa. Sus caderas, su sensualidad de maranta trenzada, sus bembas rabiosas y cuello estirado se me resbalan por la memoria. Macarena ha sido muy madura al enterarse, luego de nuestro primer encuentro, de aquello que guardo en secreto. No solo ha sido madura, ha sido tolerante. Se ha dejado convencer de que conmigo disfrutará igual o más que con cualquier otro. El vaticinio resulta acertado puesto que, cuando Macarena observa y palpa *el sustituto* que le dará los placeres prometidos, accede. Accede y repite. Risueña me asegura que yo soy *lo más macho* que ha tenido entre las piernas.

Dice mi gente que el chico es hijo de un médico de allá. Aparentemente preñó a la hija blanca y rica de alguien, y lo están buscando para limpiarle el pico. Gordo me mira de arriba abajo, levanta las cejas y se mofa. Si yo fuera tú, y tuviera tus gustos extraños, Fabián, me lo tiro al cuerpo.

Yo hago un gesto de disgusto, como fingiendo que no sé de qué habla Gordo. Camino de vuelta a la guagua, que ha sido dejada vacía por todos, a excepción de Changó. Me ha estado esperando. Cuando me ve, se desmonta y agarra su mochila. Se me acerca y dice *Esta es la habitación que me han dado.* Y me enseña un llavero con el número diez. *A mí el número diez me gusta,* le digo. *Octubre es el mes de mi cumpleaños. Entonces estamos de suerte,* dice el dominicano y lanza una guiñada de las que intuyo serán mi perdición de aquí en adelante.

3

Bañar a un hombre siempre es carismático. Es más místico que bañar a una mujer. Entro en un estado contemplativo al admirar las pieles con mayores niveles de testosterona. La dermis es más dura, casi como la de los lagartos; son más grumosos, más llenos de relieves y contornos arrebatadores. Una mujer es dulce y con huecos definidos; siempre se sabe por dónde penetrar. Pero un hombre es acaramelado y con agujeros sorpresivos que se van descubriendo mientras se le besa excitado. La última vez que estuve con un hombre hace tres meses, Antöine el haitiano, me dejó usar la apertura que se crea al unir sus dos pantorrillas. Me dejó apretarle el brazo, a la altura de su *fossa antecubital*, cerca del codo, y se dejó penetrar por allí, y por entre la axila izquierda. Inicialmente se sienten aliviados y me consideran exótico. Raro. Hago uso de un dildo de goma en material *cyberskin* que imita muy bien la piel humana, artefacto que se siente como una erección verdadera. *¿Estás castrado?*, me preguntó en una ocasión Ivellise, ponceña ingeniosa para las artes amatorias. Le expliqué lo necesario. No protestó mucho cuando casi la hago desmayarse del gusto.

Bañar a Changó es etéreo. Mis dedos levitan entre sus pliegues ásperos y cosquillosos mientras adivinan lugares erógenos. El negro parpadea con rapidez y respira profundo mientras se muerde los labios cada vez que descubro y palpo una zona anatómica interesante. La ducha cae sobre cabello, rostro y hombros, y yo aprovecho para mirar de cerca, para estudiar conciso. Paso minutos enteros especulando, palpando, hurgando. Si existe el más remoto destello de verruga, excrecencia o llaga, expurgaré el pedazo de piel hasta que sea necesario. Hasta que reviente la carnosidad o cambie de pigmentación o se inflame para demostrar desinfección y asepsia. Es una técnica probada que copié de un novio enfermero que tuve en 1998. Su tesis era que las manos y los ojos son el mejor aparato para detectar enfermedades venéreas.

Bañar a Changó y no tener un orgasmo allí mismo es la meta. No correrse uno viendo aquellas caderas de hombre primitivo, musculoso. Recordar que Changó no quiere ser penetrado, no quiere ser poseído. Contrariar a Changó Almonte; besarlo y hacer que él suplique ofrecer besos de vuelta. Mirar placenteramente a Changó mientras introduzco mis manos en sus nalgas, para acariciarlas. Nalgas de alabastro virgen, nalgas de sireno escamoso. Olerlo, lamerlo, acariciarlo. Sentir el paraíso a tus pies cuando escuchas que finalmente Changó te susurra *méteme los dedos.*

4

Ambos fumamos, tendidos sobre la cama.

¿Te puedo hacer una pregunta?, dice la deidad.

Las que quieras, contesto yo.

¿Cómo es que no tienes tetas?

Me las operé.

El silencio se vuelve incómodo para él, no para mí, que he descubierto con los años sentir bastante goce con el interrogatorio poscoital.

¿Te puedo hacer otra pregunta?

Digo que sí.

Si me fueras a penetrar, qué usarías.

Ese tema te tiene ansioso, musito.

Sí, un poco... no puedo imaginar cómo una mujer...

No soy una mujer.

Perdón. Es cierto. Mala mía.

Termino el cigarrillo y me levanto. Entonces añado: *Además, has olvidado lo esencial.* Lo beso en la boca y él la abre, esperando un beso profundo, más largo, pero yo me retiro. *Lo esencial es que ya te he penetrado.*

Meter con los dedos no es lo mismo, reflexiona.

¿No es lo mismo porque no te dolió?

Changó muestra un rostro desfigurado por la desilusión o el desaliento. Yo me pongo la camisa y comienzo a amarrarme los zapatos.

Oye, espera. No te vayas. ¿Esto va en mi contra? ¿Me cobrarás más?

¿Tu verdadero nombre es Changó?, digo por toda respuesta. Él dice que sí y comienza a ponerse los calzoncillos. *¿Tu verdadero nombre es Fabián?*

Yo me despido mientras susurro: *Alguna vez fui Fabiana.*

A partir de este momento Changó se llamará Juan Candelario. Gordo le entregará un acta de nacimiento falsificada, una copia de seguro social robada de los archivos de una escuela pública del país, y la corteja de Gordo le brindará documentos médicos pertenecientes a un jovencito boricua que ya ha emigrado a Texas o Miami.

A las afueras del hospedaje, observo cómo Gordo enciende una pira. En ella echa ropa y antiguos títulos de identidad concernientes a los quisqueyanos recién llegados, quienes desde ahora deberán hacerse pasar por otra persona. Un desdoblamiento, una usurpación quizás como pocos... o como muchos.

final de leticia

We lose ourselves in what we read, only to return to ourselves, transformed and part of a more expansive world.

— Judith Butler

Ese miedo. Ese miedo que se experimenta al querer besar al otro y no atreverse. No quieres hacer el primer movimiento, porque no quieres sentir el posible rechazo. Tampoco resuelves inventar una excusa, imposibilitada por la carencia de que se te ocurra algo verosímil. No llega la osadía; llega ese temor de que eres nena, niña, y según la costumbre los primeros pasos no te corresponden a ti, o al menos eso creen haberte enseñado algunos adultos. Se añade el miedo a esta diferencia nueva. Quieres besar a gente distinta. Al chico afeminado que usa collar de cuentas parecidas a perlas y que quizás lo son, pero que ninguno sabe distinguir. Tienen ambos ocho años y a él lo acosan en el colegio, lo asedian en el hogar los tíos, lo hostiga el pastor evangélico que hace las veces de querer convertirlo. Luego cumplen diez años los dos y juegan tú y él escondidos, retozando como si fuera fiesta en un cabaret dentro del armario de la abuela Petra. Allí se pintan los labios mutuamente con un lápiz de carmín. Se tocan los pechos a tornapunta, acariciando las planicies.

Quieres besar a esta gente distinta, y la idea va creciendo contigo a medida que aumentas en años y estatura, en mamelucos de mecánica prestados de tu primo, en marimacherías y rudezas que te obligan a vestirte de tomboy, de niña-chico. Te rapas la cabeza, eliminas para siempre las trenzas y te colocas dos aretes en la nariz y tres en una oreja. Beberás cerveza desde los catorce y te acorralará el miedo a mitad de noche cuando visitas un puterío con los demás chicos, desertores juveniles que sin renuencia alguna han aprendido a aceptarte en su grupo. Ya en la casa de citas, durante esa velada, deciden todos iniciarse. No cuentas que tú, a lo mejor, ya te has iniciado mucho antes. No por timidez, sino porque no lo tienes claro.

Con aprensión, puesto que toca otra vez ser la primera en intentar besar, no escoges a ninguna de las señoras de discutida reputación que muy alegres dan la bienvenida cuando tú y el grupo enseñan los billetes como muestra inequívoca de que llevan ahorrando para aquel momento. Escoges al muchacho vestido de chica. Convences a los otros para que te permitan la excepción. Entras con él a su habitación luego de explicar tus razones. Los nervios de todos logran algo de desconcierto, por lo que fácilmente hacen caso a tu voluntad, que ya va sentando precedentes. Cruzas el umbral y después que estudias el cubículo, las luces de colores, las paredes algo mugrientas, te sientas al lado de la mesita de noche en donde hay colocado un libro. Lo llevas a tus manos y lees la portada: *Final del juego* de Julio Cortázar.

Leerás todas las historias que Cortázar plasma en sus páginas con sediento desafío. Para ello requerirás de varias visitas nocturnas al mismo puterío y un lapso de tiempo que iniciará en octubre y se extenderá en un juego de rutinas de laburo, cobro de trabajos, adquisición de lo estrictamente necesario para no malgastar plata y poder tener el dinero que te hará regresar a Leticia durante los próximos tres meses.

Le pones Leticia esa primera noche. Ambas están cagadas del miedo y preguntas qué personaje del libro le ha llamado más la atención. Ella te dice el nombre y tú la bautizas así. Pides que te lea uno de los cuentos y Leticia escoge «Continuidad de los parques». Aquel bautismo marca una rutina bonita, porque a veces lees tú, a veces lee Leticia. A veces llegas con algún pedazo de papel en el que has copiado extractos de la biografía de Julio, extraídos de la biblioteca pública o municipal. Y siempre termina la velada tú maquillando a Leticia, tú colocándole una o dos pelucas, tú decidiendo si se ve mejor de rubia o de pelirroja, untando de perfume sus hombros, su cuello, las mejillas. Y luego juegan a los besos, aquellas lánguidas exploraciones de boca.

Así ocurre hasta la madrugada en que te lee «Final del juego», el cuento que da cierre al libro y el cuento en donde aparece el personaje Leticia. Pides que lo lea dos veces y ya casi son las tres de la mañana cuando haces hincapié en el juego de estatuas, en la descripción del reino que constituyen las vías del ferrocarril, en las recitaciones que la propia Leticia, la del cuento, protagoniza. Como aquella de Ponson du Terrail, lectura inexplicable. Incluso preguntas si los personajes de Mamá y tía Ruth son pareja romántica en la historia. Leticia dice que no lo cree, que para ella son solo hermanas, pero en estas cosas una nunca sabe.

El final es ese miedo de no poder contar lo que sientes cuando tu Leticia anuncia que se va del pueblo. Te asegura que no debes preocuparte, que ya la madam ha arreglado un sustituto. Una travestida que también sabrá leerte en voz alta, dice. Esa última noche Leticia se hace de unos ornamentos, se coloca unas alhajas, muchas plumas de pavorreal sobre el cabello, una estola sobre los hombros que de lejos parece un zorro anaranjado, y no plateado como en la historia. Levanta los brazos como si en vez de una estatua fuera a hacer una actitud, y con las manos señala el techo mientras echa hacia atrás la cabeza y dobla el cuerpo. Luego de un rato paralizada, añade un velo rosa como turbante, coloca un disco de vinilo y escuchan música mientras ella vuelve a hacer el juego de la estatua, así sin moverse, así como si tú fueras Ariel el del tren, y ella fuera la Leticia inmóvil al pie del talud con todos los adornos que brillan al sol.

A ti te parece maravillosa, la efigie más regia que hubieses visto jamás. Me lo contarás haciendo especial ahínco en que a partir de ese momento ya no tendrás miedo a nada. Se la llevan y no temerás nunca más la soledad. La desaparecen y ya no habrá pavor de perder algo más valioso que aquello. La intercambian o la revenden a otro burdel, y tú habrás experimentado el amor más insólito de tu vida, hasta que me conoces.

Yo recordaré aquella anécdota... me la cuentas con el tono de voz más melancólico del planeta.

La recordaré porque también Cortázar marcó el final de un gran miedo en mi vida: salir del armario como afrolesbiana en un país del Caribe tradicionalmente machista y culturalmente racista. La recordaré porque también tú has sido mi primera travestida, una mujer encantadora que parece un atractivo hombre. La recordaré porque a mí también me haces partícipe de la práctica exótica aquella de leerme *Axolotl* o *La noche bocarriba* antes de empezar a besarme.

Y pensaré en Leticia, la más flaca de las tres en el libro, e imaginaré su endurecimiento de espalda justo cuando viaje a Madrid a presentar una novela en Chueca. Y justo cuando estire la mano y salude a Cristina Peri Rossi —eterna compañera de travesuras del autor—, en la librería que auspicia el evento, recordaré tus papelitos. Aquellos que me dejabas envueltos en tuercas o tornillos, y en los que me garabateabas que Julio Cortázar era la leche, que yo era tu perdición, que tú eras mi musa. Recordaré nuestros juegos en los que para complacerte me disfrazaba de hombre disfrazado de mujer y perpetuaré el momento aquel en que te permitía ponerme colorete en las mejillas, sombra en los ojos, lápiz de labio rojísimo y me quedaba muy tiesa dando la impresión de ser una tabla de planchar con la parte más ancha para arriba, de pie contra la pared.

Y alguna que otra vez se me aguarán los ojos pensando en tus pesadillas con trenes, tus sueños con las enormes playas ferroviarias cubiertas de empalmes que inundan el paisaje de luces rojas de locomotoras que se vienen sobre ti, sobre nosotras mientras corremos, tú con el libro de Cortázar en la mano, y yo calculando con angustia si el tren pasará a mi izquierda, derecha o centro. Leeremos «Final del juego» dos o tres veces en una misma madrugada. Y te haré la pregunta de cuándo fue que Cortázar te infundió tanta valentía para que me encontraras en este azar de vida y viviéramos esto.

entre las nalgas

1

María Teresa se levanta la falda y se mete los pantis entre medio de las nalgas; desea imitar a la famosa vedette. Este es el inicio de mis pesadillas, de mis ataques de ansiedad, de las sudoraciones que acompañan mis torpezas diarias. Mi familia empieza a darse cuenta de que algo pasa conmigo en la casa y en la escuela, y por toda respuesta yo solo pienso en aquellas posaderas, aquel rítmico movimiento, la piel temblorosa y danzarina. María Teresa risueña, alborotada, musical, y todos nosotros pasmados, mirándola con nuestras bocas abiertas...

2

Todo empieza con una prohibición. Los adultos no nos permiten ver el show de Iris Chacón que se transmite por televisión los miércoles en la noche. Al día siguiente en la escuela, durante el recreo, nuestra pandilla se reúne debajo del árbol de algarrobo a discutir las tácticas secretas utilizadas para fisgonear el programa, a pesar de los obstáculos y las directrices autoritarias de los padres, abuelos y tíos. Los grandes alegan que no es un espectáculo apto para menores, que el show no lo entenderían los de nuestra edad —casi todos tenemos entre 10 y 12— y en algunas circunstancias hasta utilizan como excusa lo que el sacerdote ha dicho; aquello de que *ver a la culona es pecado*. «Si es pecado para mí, también es pecado para ustedes», se atreve a retar alguno de nosotros, de vez en cuando. Entonces nuestros padres, abuelos y tíos explican, con miradas furibundas y amenazas de pela, que ellos han obtenido indulgencia gracias a sus sacrificios de cuaresma y confesiones de domingo. Pero no siempre es eso lo que nos dicen; a veces simplemente nos persiguen correa en mano, mientras nos mandan a callar.

Esto sucede todas las semanas. Y nosotros en la ganga nos vamos haciendo cada vez más y más astutos para poder ligar a la vedette de América, aun sin el consentimiento de los familiares. Jesuso, por ejemplo, cuenta que ha logrado con gran esfuerzo y tiempo hacerle un boquete a la puerta de madera de su cuarto con las herramientas de carpintería del tío Remigio. Ha cubierto los orificios de ambos lados de la puerta con dos grandes afiches de Madonna, a los cuales les ha colocado cinta adhesiva transparente que despega para mirar aquellas nalgas temblorosas y rítmicas al son de *si tu boquita fuera*. Toño, su primo que vive en el mismo apartamento en el residencial, toma turnos para mirar también por el agujero el cuerpo de la pelirroja. Nos cuenta siempre que su parte favorita es cuando el camarógrafo toma un primer plano del rostro, lo cual le permite extasiarse en el lunar sexi sobre el ojo derecho de la beldad.

Adrián, hábil en las matemáticas pero colgado en la clase de inglés, se esconde debajo del sofá de la sala, en absoluto silencio y sin apenas moverse, a esperar que llegue la hora del show. Nos enumera las veces que su mamita discute con su papito por estar ambos allí sentados viendo aquel pecado con tetas. Que si se enteran los vecinos, que si se entera el cura, que si se entera la trabajadora social. Papito la manda a callar infinidad de veces. Se defiende vitoreando que necesita ver a Iris Chacón para poder comentar el evento a la mañana siguiente con los muchachos de la carnicería y los gondoleros. También lo discutirá en su lugar de empleo, la megatienda de alimentos J.F. Montalvo, con los conserjes, los que cargan cajas en el almacén y hasta con el guardia de seguridad del supermercado, un dominicano que a veces se hace el loco y le permite sacar de contrabando varios cortes de carne y algunos mariscos.

María Teresa, una de las dos chicas de la ganga, espía desde la cocina. Le hace creer a su abuela que friega. Permite que la pluma del fregadero chorree agua y cada dos o tres minutos mueve la trastera, para que parezca que asea ollas, platos y cucharas. Al terminar la función que mantiene atrapados como zombis a los padres de su fallecida mamá, disimula y comienza a trapear las superficies de la barra de madera que está pintada con diseños que la hacen parecer de mármol. Entonces regresa a lavar los trastes de verdad, y el abuelo le despepita que es una chica muy lenta, lentísima para los quehaceres.

Samuel el grandote, quien repite el grado, se las ingenia para merodear desde la ventana del patio. Todos los miércoles le dice a su mamá que a esa hora le gusta ir a cazar lagartijos cerca de las matas de plátano, pero en realidad se posiciona estratégicamente en un ángulo adecuado para divisar a la

Chacón. La estudia con desenfreno mientras la ve bailar y estrujarse el cuerpo con caricias sugestivas. Se maravilla con los pasos que da la Iris acompañada de dos chicos de bigote y cabello largo. La madre de Samuel permite que en su casa se reúnan algunas amigas del barrio y sus esposos a ver el programa con ella. No todos los vecinos cuentan con un aparato de televisión, y aun aquellos que lo poseen no lo tienen con pantalla de colores. Es sabiduría popular el dato de que a Iris hay que verla en multicolor.

Así que Samuel es el único de la ganga que ve a la bailarina como si la tuviera de frente. Casi como en persona, con todos los matices del arco iris bien expuestos. Disfruta de sus bailes, de sus carcajadas, de su voz cuando entona *Tú eres caramelo y chocolate.* Se asombra las veces en que la vedette se sumerge dentro de lo que parece una tina de baño con burbujas. Casi aúlla mientras varias luces de colores radiantes le iluminan los hombros, el busto gigantesco, los muslos aceitados, la melena roja y acicalada. La admira y la idolatra mientras la mujer se enjabona con espuma. Se pasma cada vez que descubre aquel lugar provocativo dentro de sus muslos, justo en el momento en que Iris abre y cierra las piernas en un paso de danza moderna. Samuel será el único de todos nosotros que, al contar sus peripecias al día siguiente, lo hará tocándose la bragueta del pantalón con ambas manos.

En fin, casi todos logramos tomarles el pelo a nuestros tíos, papás o abuelos de diferentes maneras. Los que no lo lograban ese día y tenían que esperar hasta la semana siguiente se embelesaban al escuchar las legendarias historias sobre la noche del miércoles. Sin duda, era la mejor noche de la vida cotidiana en Cataño.

3

El tópico queda debidamente discutido y agotado durante el recreo, la hora de almuerzo, y a la salida de la escuela los jueves mientras vamos a pie, de camino a nuestros respectivos hogares. Unos más que otros se centran en los detalles particulares, y Jesuso aprovecha para mostrarnos un nuevo dibujo que ha realizado inspirado en la diva. Son buenos dibujos para un chico de su edad. Las protuberancias corporales en los lugares correctamente identificados dan la sensación de poder tocarla. De hecho, los varones comienzan a pasar el dibujo de mano en mano y a babearse sobre el mismo. Las niñas nos sonreímos algo intimidadas, como si no supiéramos qué hacer, al observar el papel de argolla. En ocasiones tratamos de imitar la pose chaconística esbozada con lápiz y marcador, mientras nos burlamos nerviosas.

La Chacón vestía anoche algo parecido a un traje de baño, de esos que vemos cuando vamos a Punta Salinas, dice Samuel.

Enseguida agrega: Si yo veo a las mujeres en la playa con eso puesto tengo que disimular, porque mamá se me queda mirando a ver si se me levanta el palo. Hago como si conmigo no fuera y me siento en la arena a jugar a los castillitos, pero en realidad es para que los castillos que estoy construyendo me tapen entre los muslos y no se me vea. Además, la arena es calientita y me ayuda a que se me baje. Eso vestía la Chacón anoche, un traje de bañitos así, como los de la playa, excepto que la tela le brillaba.

Creo que se llaman lentejuelos, dice Adrián y añade: Pero no de los que se pone uno en los ojos, sino que son como unas cuentitas brillosas que van zurcidas. Se le veía demasiado de tremendo.

Lentejuelas, corrige María Teresa muerta de risa. Luego incluye: Y sí, se cosen a las telas para que brillen y una se vea más bonita. Es bien de lujo.

Llegué a ver a mamá y a algunas de sus amigas de la mala vida, como las llama abuelo, usar lentejuelas casi todos los fines de semana antes de irse a sus chambas de por la noche. Yo algún día las usaré para Navidades y bodas. Me montaré en una calesa de caballos blancos y finos.

Por alguna razón desconocida María Teresa deja de caminar cerca del primer callejón en el que se supone que comencemos a despedirnos. Todos nos detenemos con ella, porque queremos prestarle atención. Es muy linda. Es la chica más negra de nuestro salón, pero es preciosa. Tiene el cabello lacio, contrario a todos nosotros, jabaos y de afros de distintos tamaños. Los ojos de Tere son muy verdes. Una vez nos contó que el día que su mamá salió a trabajar y nunca volvió, ella estaba comiendo arroz guisado con aceitunas verdes. Eran muy intensas y agrias, y en el momento en que le dieron la noticia de que no volvería a ver viva a su mamá, sus ojos adquirieron la pigmentación de las aceitunas. Eso nos cuenta, y a pesar de que es la más oscura, y de que la gente grande dice que nadie debería casarse con ella porque dañarían la raza, a más de un niño le gusta muchísimo y los deja tontos.

Yo no le creo lo de las aceitunas. Soy demasiado lista como para tragarme esas sandeces, pero es tan hermosa que la perdono. A veces pienso que quizás los chicos hacen lo mismo y solo disimulan para estar rendidos a sus pies.

María Teresa entonces continúa su cháchara mientras anuncia: Mi parte favorita es cuando Iris Chacón se pone las pantaletas *así*.

Nada nos prepara para aquel «así».

4

Nada.

María Teresa se levanta la falda cuadriculada, que es parte de nuestro uniforme, y muestra su ropa interior como si tal cosa. Pero eso no es todo. Como si hiciera falta algo más, se lleva las manos a las nalgas y con inusitada destreza se mete los bordes de su panticito entre ellas. Es decir, se amontona en el centro casi toda la tela mientras deja expuestas sus cachas.

Debo admitir que nadie de la ganga reacciona bien. El estupor nos deja mudos y paralizados. Creo que, para disimular, los muchachos han vuelto a empezar el cuento de lo que vieron de la Chacón anoche. Digo creo, porque algunos tartamudean, titubean y carraspean. El resto tose, como mareados.

Yo los escucho atontada, hasta que llega mi turno y me miran. Me miran porque los ojos me traicionan. Jesuso, que de todos ellos es mi mejor amigo, dice mi nombre: Yadira, te toca. Entonces tengo que hacer un gran esfuerzo para contar mis impresiones, porque entre lo que vi la noche anterior de la Iris Chacón y la muestra que en vivo y en directo nos acaba de hacer María Teresa hoy, me han dado escalofríos.

No lo entenderé en ese momento, por supuesto.

5

Recordaré este instante como uno significativo, de esos que siempre regresan a nuestras memorias.

Intentaré reproducir detalles específicos de mis amigos, aquellos que pasados los años será muy difícil volver a encontrar. Mezclaré sus características físicas sin querer. Atribuiré, por ejemplo, el cabello ensortijado y rojo a varios de ellos cuando quizás solo le pertenezca a uno. Las pecas en el rostro de Jesuso serán compartidas también con otros. Confundiré el color trigueño con la tez blanca y ni hablar de sus olores. Durante esa época cada uno huele diferente. Casi puedo traer a la memoria lo placentero que será saberlos cerca a pesar de sus sudores. Sin embargo, los años no pasarán en vano. Olvidaré algunos hechos.

Olvidaré haber estado jugando a los casados con Jesuso, haberle dicho que yo quería ser el esposo y que él fuera la esposa. Olvidaré que lo besé en la boca una tarde y que de inmediato corrí a mi casa a lavarme los dientes. Borraré de la memoria que una vez jugamos a que yo era enfermera y él un condenado a muerte. Ese día le bajé los pantalones mientras Toño se tapaba los ojos. Observé su pequeño pene con inusual desgano. Lo levanté entre mis dedos, para verlo mejor desde todos los ángulos. Mis ojos se le acercaron mientras él reía. Olfateé su tallo encapuchado de prepucio rosado. Estornudó, se me escurrió de las manos y volví a tomarlo. Al final le pasé la lengua y sentencié su sabor a sal.

Jesuso y yo nos juramos amistad eterna a partir de aquel evento.

Lo que no olvidaré será a María Teresa. Nada de ella me será desconocido o inexplorado. Bastará con cerrar los ojos para conjurarla. Aparecerá enfrente de mis párpados cerrados todas las veces, con aquella sonrisa de labios anchísimos. Con su tristeza de muchacha huérfana y su deseo de volver a ver a su madre alguna vez, ya sin mala reputación y sin los tiros en el cuerpo.

6

Al regresar de la escuela a la casa caminamos en grupo. Lo hacemos por varias razones. La primera es que nos gusta conversar y reír de los sucesos del día mientras cada uno va llegando a su hogar. La segunda es que, sin importar cuál sendero tomamos, siempre encontramos perros bravos que se ensañan contra alguno de nosotros y nos ladran ferozmente. Si vamos solos nos da miedo, pero como caminamos juntos les hacemos frente y los azuzamos para que sigan de largo.

Quienes se quedan primero son los muchachos, en este orden: los primos Jesuso y Toño viven en el caserío. Samuel se queda después, ya que no llega hasta Levittown, en donde vive, sino que se cobija en la casa de sus abuelos mientras dan las cinco y media, y su madre llega del trabajo a recogerlo a él y a su hermanito de un año. En la esquina en donde se encuentra la casa de putas, casi al llegar a la barra de don Tite, dejamos a Adrián, de quien se rumora que es adoptado, pero ninguno de nosotros se atreve a hacerle la pregunta. Entonces, cuando falta apenas poco camino para llegar a mi casa, me acompaña María Teresa, quien vive en la calle de atrás de mis tíos.

La tarde en que Tere muestra el apiñamiento de sus pantis entre los glúteos, da la impresión de que la senda que lleva a mi casa de madera se ha hecho más larga. Se ha estirado como si de una broma cósmica se tratara. Vamos en absoluto silencio ella y yo, cuando por regla general reímos muchísimo, chismeamos sobre lo anticuado de los zapatos de la maestra y hasta intercambiamos impresiones sobre nuestras muñecas.

En el justo momento en que nos detenemos frente a mi portón, ella comienza a sollozar.

He sido una imprudente, ¿verdad?, dice. Yo le digo que no.

Sí lo he sido. Les enseñé mis nalgas a los muchachos y ahora dirán cosas feas de mí. Dirán que soy tan puta como mamá.

Nadie va a decir nada feo de ti, le contesto mientras siento que me quedo sin aire.

Oh, sí, insiste ella.

Si alguien se atreve a decir algo feo de ti, se las verá conmigo, juramento solemnemente, no sé ni cómo.

Tere se seca las lágrimas y trata de sonreír. *Eres una buena amiga, Yadira,* sentencia.

Yo levanto los hombros.

7

El vaticinio se cumple justo una semana más tarde, cuando a la ganga nos corresponde reportar los detalles de nuestra misión chaconiana. El que abre la caja de Pandora es Samuel, por supuesto. Justo después de almorzar, mientras estamos todavía en el patio, comienza a hacer chistes pendejos sobre las piernas peludas de María Teresa, sobre sus tobillos gruesos, sobre sus rodillas oscuras, según él más oscuras que el resto de su cuerpo, a excepción de sus codos. La mofa sobre sus nalgas no se hace esperar.

Nunca recordaré muy bien qué es lo que dice, si algo sobre su falta de volumen en las posaderas —estás más jalá que un timbre de guagua, pareces una tabla de planchar, o eres muy chumba— o si es que se concentra en imitarla con demasiada crueldad. Es más, ni siquiera recordaré si el pobre de Samuel logra decir algo concreto o es que yo lo intuyo antes de que empiece. El asunto es que me le acerco, luego de mirar a María Teresa y ver su rostro descompuesto, y le parto la madre. Es decir, le propino un burrunazo de tal magnitud a la barriga que mi amigo querido vomita todo el almuerzo allí frente a nosotros.

8

El dilema de contar lo sucedido antes de que nos suspendan a los dos por una semana implica que hay que discutir el asunto en presencia de la directora, de mis tíos y de la madre de Samuel, quien tiene que ausentarse por unas horas de su trabajo.

Y por supuesto que saldrá a relucir el evento de los pantis de María Teresa apiñados dentro de sus nalgas, en clara imitación a la vedette de América. Y claro que habrá que contar distintas versiones, y habrá que citar a María Teresa y a sus abuelos para que hagan acto de presencia, y tanto la directora como la trabajadora social habrán de reprender a nuestros familiares y encargados por la mala supervisión de los más chicos. En casa me castigarán retirándome las muñecas. Las guardarán en un armario bajo llave, cosa que yo sufra de verdad. Todas, hasta las barbies que me disgustaban.

A Samuel le retiran la consola de juegos Atari. Tristemente, María Teresa recibe una paliza por fresca. Paliza que más adelante prometo que vengaré, aunque nunca haga yo nada. Lo importante será dejar muy claras las lealtades. Lo más lamentable es que a partir de ese momento ya no habrá nada que contar los jueves. Iris Chacón desaparecerá para siempre de nuestra rutina.

Al regresar a la escuela, todo parecerá normal, aunque no lo sea. Me irán regresando poco a poco las barbies. Una a una, según pasan las semanas. Intentaré salirme con la mía poniéndole el nombre de Tere a una de ellas, y hablándole bajito, para que en casa nadie me escuche. Le besaré los ojos, tan verdes como las aceitunas.

Como ya he dicho, todo parecerá normal. Pero no lo es porque me prohíben amistarme con María

Teresa. Me prohíben llamarla por teléfono o gritarle desde nuestro patio trasero para charlar con ella por entre las rejas, como antes. Aunque invente que necesito contactarla para alguna asignación o proyecto, no nos dejarán acercarnos. Cada cierto tiempo mi tía sugerirá unas clases de refinamiento y modelaje para mí, y enviará cartas al maestro de educación física para que no me deje jugar baloncesto ni pelota. Nos limitarán todavía más el acceso cambiándola a ella de escuela. La extrañaré muchísimo. La lloraré a rabiar.

El día que me entero, ya casi a finales de curso, de que la han enviado a vivir con una tía pitiyanqui a los niuyores, vomito hasta el verde de las tripas. El médico diagnosticará que he sido presa de una enfermedad autoinmune, supuesta patología a la que deberé fuertes dolores musculares, insomnio, mareos, jaquecas incontrolables y uno que otro ataque de náusea sin origen aparente. Que yo sepa, a nadie se le ocurrirá —ni a los doctores, los maestros del siguiente grado, los nuevos y viejos amigos, a mis tíos, a Jesuso, mucho menos a mí— que mi quebranto pudiera deberse al mal de amores. A nadie con excepción de mis muñecas.

Ya para ese entonces, ellas habrán cobrado vida en mis juegos mentales nada inocentes. Escucharán mis secretos y mantendrán ocultas mis caricias. Los ojos ya no será lo único que besaré en ellas. Aprenderé a colocarles unas telas hiladas que harán las veces de pantis. Decorados con corazones y flores, parecerá como si se hundieran alojados otra vez entre las nalgas de la muñeca ahora llamada María Teresa. ¿Será por eso que la gente habla de la ley de atracción?

9

¿Y será gracias a eso que me sorprende encontrar a María Teresa haciendo fila para entrar al Caribe Hilton? Han pasado demasiados años. Tantos que ya no se considera mal ver andar a dos mujeres tomadas de la mano. Iris, y no la Chacón, me acompaña emocionada por lo legendario de la ocasión. Entrelaza sus nudillos con los míos. No se da cuenta de cómo la suelto ante la inoportuna aparición de Tere.

Esta noche iba a ser especial. Muchos pagaron para disfrutar el espectáculo con la diva de tantas fantasías: una vedette ahora madura, aún con el poder de hacer vitorear al público; una bailarina que provoca gritos y casi desmayos. Mis entradas de cortesía me las ha enviado un amigo, Jesuso, quien ahora es uno de los bailarines del show.

Y entonces, María Teresa también aparece. La acompaña quien creo que es su esposo: un mandulete que no disimula su babosería torpe a la espera de que aparezca la estrella de la velada. María Teresa y él portan anillos de casados, lo cual pudiera parecer mucho como tampoco significar nada. Sin querer, se me ha resecado la garganta.

Los ojos verdes de ella no me ven. Parpadean tristones, abandonados, como si recordaran a algo o a alguien. ¿Será por eso que el corazón me late acelerado y temo caerme? ¿O será que descubro en el escrutinio de su silueta, y en la frágil tela del mameluco que la engalana, aquella radical costumbre de María Teresa de usar los pantis en medio de las nalgas?

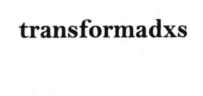

transformadxs

los niños morados

1

He llegado a la conclusión de que el morado es el color de los secretos. En la clase de Arte la maestra insiste en enseñarnos que los colores tienen significados. El rojo significa pasión. El blanco quiere decir pureza. El verde parece ser el color de la esperanza. Nadie habla del morado pero me lo encuentro tan a menudo, resaltado en las pieles, mejillas y rodillas de tantos compañeros de escuela a mi alrededor, que por mucho tiempo me preguntaba qué significaría. Hoy lo sé.

En 1969 Ricardo Santos y yo no somos amigos. Nos detestamos mutuamente. En cada oportunidad que se me cruza, lanzo al piso su libreta escolar en mitad de la clase. Ricardo me imita y hace lo mismo con la mía. Si la circunstancia lo permite, rompo todo posible lápiz que le pertenece. Entonces Ricardo hace lo propio con mis crayones. Hasta derramo el vaso de leche que viene incluido en su merienda, mientras él lo hace sobre mi pedazo de pan con pasas.

Participo de la primera y segunda golpiza que le damos varios estudiantes en uno de los rincones de la escuela. Yo sabía que a Ricardo le decían mujercita, pero no ha sido por eso que accedí a golpearlo. Lo hice porque desde siempre él me ha retado al estilo de ojo por ojo, diente por diente. Si yo parto a la mitad su papel de argolla, él hace exactamente lo mismo conmigo. Si yo rasgo la camisa de su uniforme, él lo intenta o al menos agujerea mi falda cuadriculada. Si yo le pongo el pie para que tropiece mientras él pasea a la hora del recreo, Ricardo me espera discreto en el pasillo hacia la biblioteca y allá me hace caer. Como no parece temer a nada de lo que yo le hago, entonces me uno al grupete de la paliza.

Entre los golpeadores están los gemelos del bolitero, el Cano, hijo del barbero y también el hijastro del capitán de las lanchas de Cataño, un chico que se la pasa lleno de moretones en piernas y brazos. Cuando accidentalmente los escucho mientras planifican la tunda, les expreso que deseo hacerme voluntaria. De buenas a primeras, el Cano me niega la entrada a la pandilla. Su argumento es el siguiente:

—Eres mujer y machúa. Tú deberías recibir la próxima tunda para que aprendas y te arregles.

Ante mi perplejidad, los demás protestan. Alegan que sería ventajoso usarme precisamente porque soy hombruna, fortachona y lanzada. Miguel advierte que, en mitad de una travesía hacia el Viejo San Juan, su padrastro le ha pedido que tenga cuidado conmigo ya que las mujerotas como yo dan fuertes golpes por tener más hormonas masculinas. El gemelo Pedro pregunta que qué coño son las hormonas, pero ninguno hace caso y continúa la cháchara grupal mientras me tildan de fornida, barbuda y marimacha. Todavía estoy sin reaccionar, boquiabierta y sin saber qué decir, cuando el otro gemelo, Andrés, exclama:

—Pero es gorda y tiene músculos. Nos convendría tenerla en el club por eso mismo, para que dé grandes marronazos.

Acto seguido logran un consenso. Me abrazan y felicitan por haber sido admitida. Incluso me revuelcan el cabello en señal de aprobación. Yo me pongo tan feliz que hasta olvido lo confuso que todo el asunto se ha sentido.

2

Así es cómo, un mes antes del lanzamiento de un astronauta a la luna, damos a Ricardo la pela de su vida. El chico se defiende como puede, pero igual queda machucado. Está sin asistir a la escuela una semana.

Cuando regresa, su cuerpo muestra varios moretones, lo que le gana el apodo del Niño Morado. Ricardo también posee una venda en un brazo y un rasguño acentuado en la mejilla izquierda.

Los chicos de la pandilla cuentan con heroísmo que he sido yo quien ha dado los golpes más fuertes, pero a decir la verdad no me acuerdo de mucho. Supongo que la emoción y la adrenalina se han hecho cargo de mis acciones.

Faltando dos semanas para ver en televisión el alunizaje del cual todos hablan, descubro a Ricardo de rodillas chupando los genitales de Pedro. Están ambos escondidos en las cercanías de un almacén. Para mi sorpresa observo al otro gemelo que se acerca, empuja a su hermano a un lado, y exige que ahora le toca a él, que este es su turno. Pedro se sube los pantaloncitos y se arregla la camisa. Andrés se deshace la cremallera y saca su pequeño pene. Ricardo entonces vuelve a abrir la boca y logra reacomodarse.

Aturdida, me muevo torpemente, e intento que ellos no me vean. Los gemelos no lo hacen, pero Ricardo clava su mirada en mí. Todavía mamando aquel pedazo de carne púber, pestañea como si me enviara un mensaje de súplica. No me queda muy claro si me está pidiendo ayuda o me implora que me vaya.

3

El lunes en la escuela, el Cano me saluda con un puñetazo. Lo hace en frente del grupo y eso me cabrea. Tiene aquel gesto por costumbre. Lo mismo aporrea a los otros muchachos como que me agolpea a mí. Pero como yo no le caigo bien, a mí me pega mucho más duro.

—¿Por qué en tu casa no te afeitan esa barba, Elena? En el negocio de papi podemos hacerte el favor, si quieres.

—Déjame quieta —le grito, y paso mi mano por los lanudos vellos de mi papada.

—Te voy a quitar la novia —susurra mientras se agarra la entrepierna—. No creas que no he visto cómo miras a la Johana.

—Que me dejes quieta —vuelvo a gritar más fuerte.

—A mí no me grites, que yo soy el jefe.

El desafío del Cano me hierve la sangre.

—Si fueras el jefe, a ti también te estarían chupando el pito. Pero a ti nadie te quiere.

—¿De qué habla esta marimacha pendeja?

Los gemelos se miran entre sí varias veces. Bajan la cabeza y permanecen en silencio.

—No sean gallinas, hablen —estallo—. Cuenten lo que les hace el pato de Ricardo con su boquita.

En ese momento, y para mi propio estupor, Miguel replica:

—¿A ustedes también se los mamó?

Quiero preguntar «¿cómo qué también?», pero no es necesario. Miguel explica que la primera golpiza a Ricardo ha sido porque se puso a hacerle mariconadas a él. «Y yo no quería. Yo no quería», declara con vehemencia. Los gemelos vocean con gran indignación que a ellos les ha hecho lo mismo. El jefe, es decir, el Cano, declara que ha llegado el momento de propinarle otro escarmiento.

—Para que respete —sentencia.

4

El verano se escurre caluroso y entretenido en los caseríos. Descubro que se ven todo tipo de intercambios comerciales en las calles, ahora que no tenemos clase. A plena luz del día los cacos venden bolsitas con polvo blanco, bolsitas con rocas cristalinas, bolsitas con yerba verde o marrón. Las putas exhiben sus cuerpos aceitados por el sudor y decorados con collares y aretes. Hay venta de billetes de lotería, venta de pollitos y gallinas, venta de bolita clandestina, de azucenas y velones con la imagen de San Lázaro, hasta gestiones de cobro de dinero si se da la oportunidad. Por ejemplo, en una de mis caminatas noto que el barbero y el padrastro de Miguel hablan agitados. Luego se acercan para murmurar cosas y parecería que el primero le dice al segundo que no puede pagarle. Alega que hay pocos clientes y se mete las manos en los bolsillos, solo para extraerlas y mostrar la tela blanca de los mismos. Aquel indiscutible gesto de que no tiene ni siquiera monedas con él no es bien recibido por el lanchero, que lo empuja y promete:

—Voy a pasar por la barbería entonces, a lo de siempre.

Como hace demasiado calor, los narcotraficantes del punto abren los hidrantes de incendio y todos los mocosos nos bañamos en plena calle mientras echamos carcajadas. Quisiera meterme en el chorro de agua y mojarme con Johana, que retoza con los otros niños del edificio y a quien reconozco de inmediato. Pero no puedo. Estoy en camino a realizar un recado.

Hoy me toca llevar el mandado al veterinario que habla con las yeguas. Se lo envía mi madre, que tienen fama de conseguir cosas extrañas o hasta ilegales. Dentro de la bolsa que cargo hay una jeringa repleta de anestesia de caballo. Me han explicado que se utiliza en animales y en humanos, aunque dicen que el uso en personas puede ser fatal. Por eso no debo nunca probarla en nadie, ni abrirla sin autorización, ni echármela en los dedos para jugar, ni olerla, ni nada. Mamá me ha dicho que me dará hasta dentro del pelo si lo hago.

El veterinario se llama Ulises y, según cuentan, no es para nada médico. Es un tipo que se ha acostumbrado a tratar las mascotas de los cuatreros del residencial. De vez en cuando tiene que operar a los animales o ponerlos a dormir. Como no posee licencia ni nada que se le parezca, contrabandea las jeringuillas que le vende mi mamá. Yo le entrego el paquete y Ulises a cambio me entrega un sobre con dinero, no sin antes mostrarme cómo inicia conversaciones con las yeguas. Me explica que los machos son unos cabrones antipáticos, y que por eso a ellos ni les dirige la palabra. Pero aclara que las hembras son dóciles y complacientes. Él les dice cualquier cosa y ellas relinchan y enseñan las encías. A mí me parece un acto de lo más cómico.

Por algún extraño instinto decido meter la mano en el sobre con dinero, sacar dos dólares y caminar hasta la barbería del Cano. Noto que el sol está a punto de ocultarse y es posible que el comercio se encuentre cerrado. Sin embargo, quiero intentarlo. A lo mejor el Cano se apiada y me ayuda a disimular mi problema facial. En circunstancias normales no lo haría, pero haber visto a Johana me inquieta.

Al llegar a la puerta de enfrente la encuentro cerrada, pero escucho ruidos que vienen de adentro. Pienso que el Cano puede estar aún allí barriendo los pelos tirados en el suelo, ya que esa es la tarea diaria que siempre le exige su papá. Lo sé porque el Cano se pasa quejándose horas enteras de que tiene que asear el piso y dejarlo limpio de los cabellos canosos, lacios, encaracolados o teñidos de todos los fulanos que pasan por el lugar. Doy la vuelta al negocio y decido abrir la puerta trasera.

Al hacerlo, por ella sale un hombre grande y tosco, que lleva puesto un sombrero de marinero. Es el padrastro de Miguelito, el capitán de las lanchas de Cataño. Casi choca conmigo porque va algo ebrio.

Intenta mirarme detenidamente pero se tambalea. Antes de empujarme para continuar su camino, susurra:

—Mujerota...

Nada le puedo contestar a pesar de que me ha enfurecido muchísimo su comentario. Todo ha pasado demasiado a prisa.

Adentro, sin haber terminado de barrer los pelos del piso, encuentro a un Cano hecho un manojo de nervios. Se acomoda los pantalones y se seca las lágrimas de las mejillas.

—No te atrevas a decirle a nadie —me amenaza.

Todavía me late el corazón acelerado cuando identifico embelesada, a través de los manguillos de su camisilla, los moretones que empiezan a formarse en sus hombros.

5

El 21 de julio mi madre y yo comemos queso de bola y café en la sala de la casa de los padres de Ricardo. Hay allí también pasta de guayaba, aceitunas y galletas de soda. Estamos esperando, junto al resto de los vecinos, la transmisión de la caminata de Neil Armstrong sobre la superficie lunar.

Los padres de Ricardo son los únicos que tienen televisor en esa época y han acostumbrado al antiguo arrabal a que todos se unan para ver juntos los eventos de esa índole.

El veterinario que no es veterinario aprovecha el junte y le agradece a mami, en voz baja, el suplido de xilacina. Va a necesitar dos jeringuillas muy pronto porque tiene que amputarle una pata a la yegua del mecánico.

—Es que le debo un favor —añade. Entonces explica que el mecánico lo ayudó reparándole el Datsun. Así que, a modo de intercambio, intentará salvarle la vida a la yegua.

—Y a cruzar los dedos para que la gangrena no se le extienda al resto del cuerpo a la pobre —insiste.

Mamá mastica aceitunas y pasta de guayaba mientras le asegura a Ulises que no habrá problemas. Tiene un novio en el agrocentro de San Juan que le conseguirá el medicamento.

—Te lo envío mañana mismo con la nena.

Ambos me miran y yo sonrío. Aunque me ha sonado absurdo, me doy cuenta de que se refieren a mí. La nena soy yo.

Mientras la NASA revela en inglés y luego un traductor explica en español los acontecimientos relacionados con la nave Apollo 11, me doy cuenta de que Johana camina para salir de la sala hacia el patio. Con el rabillo del ojo, mientras aglutino en mi boca algunos pedazos de pasta de guayaba, veo cómo saluda al Niño Morado. Le pregunta cómo se siente. Él sonríe muy recuperado. Se toca la cabeza y una cicatriz con puntos de mariposa sobre la ceja, y le dice que está bien, que él aguanta. Johana le cuenta algo en voz muy baja y Ricardo ríe a carcajadas.

Logro escuchar la frase «estoy enamorado» y trato de acercarme cuando Ricardo comienza a sacar la foto del bolsillo trasero de su pantalón.

Johana ha puesto cara de asombro. Sus pestañas se abanican con rapidez y el rubor de sus mejillas se acentúa. Parece feliz. Se ve muy bonita cuando está contenta.

Me alejo y regreso a la mesa con los bocadillos. Mamá me abraza y le pregunta a la madre de Ricardo si no es cierto que ahora me veo mejor, luego de que me han afeitado la barba. Nuestra anfitriona indica que por supuesto que sí. Y añade que me queda muy linda la falda amarilla y los tacones laminados. Promete que le pedirá a su marido que traiga del almacén de telas en donde él labora, algunas cintas para ella hacerme lazos para el cabello. La tía de Johana, que ha estado escuchando atenta, propone llevarme al salón de belleza un domingo de estos, para cortarme la pollina siempre y cuando yo prometa no mezclarme con chicos de pandillas. Como mamá dice que sí con su cabeza, yo la imito.

Vuelvo la vista al patio. Intento con dificultad adivinar en dónde se han metido aquellos dos. Camino hasta la puerta de salida y bajo las escalinatas. Allí, detrás de unas matas de yagrumo y a escondidas, Johana usa un pintalabios color rojo sobre la boca de Ricardo.

6

—Necesito tu consejo —digo nerviosa.

—¿Qué quieres saber?

Ricardo es enclenque, parece un pajarito y su nariz respingada luce como el pico de una paloma. Johana y su tía ya se han marchado. Los abuelos y madrinas de tantos otros chicos de la barriada también. Mi madre dialoga vivaracha con los dueños de la casa, quienes le explican cómo hacer adornos de cortinas, ropas de cama y ornatos para las bañeras.

—¿Por qué no te quiebras? ¿Cómo lo haces?

Él mastica goma de mascar y juega con el cohítre del suelo.

—No hay nada a que renunciar, Elena. Uno es como es.

—¿Y si quiero a alguien pero ella no me quiere a mí?

El Niño Morado saca la fotografía que ha estado guardando en secreto y me la muestra. Es en blanco y negro, pero sin lugar a dudas quien posa frente al lente es el Cano.

—Yo también quiero a alguien que no me quiere a mí —murmura.

—¿Entonces?

—Entonces hay que acercarse. Poco a poco. Y no rendirse. No rajarse. Y hablar. Si te escucha y se acostumbra a escucharte, ya es un gran paso, ¿no?

Digo que sí con la cabeza. Luego, pregunto:

—¿Aunque le peguen a uno, y se burlen?

Ricardo me mira de arriba abajo. Suspira y comenta:

—Me gustabas más cuando parecías niño. Te veías más valiente.

7

En 1970 Ricardo Santos y yo nos volvemos insepa-
rables. Tanto que de vez en cuando él lleva las flores que envío a Johana, accediendo a no decirle
quién las remite. Durante la tercera golpiza que le
propina la pandilla, lo defiendo. Lanzo puños a dies-
tra y siniestra hasta lograr que los demás lo dejen
quieto.

A partir de ese momento el Cano y yo nos decla-
ramos la guerra. Nos detestamos a rabiar. Nos miramos con infinito odio cuando estamos en frente
de la gente. Si coincidimos en la fila del cine o en
las verbenas, nos empujamos mutuamente, hombro
con hombro.

Cuando nadie observa y su padre no se encuentra, me deja entrar a la barbería por la puerta de
atrás. El capitán de lanchas tampoco molesta ya, ni
ebrio ni sobrio. Ni a nosotros ni a nadie. Cuentan
en el caserío que se dio una borrachera tal que cayó
y se golpeó en una parte del cuerpo muy privada.
Dicen también por ahí que hubo que amputarlo,
aunque los más bochincheros alegan que, cuando se
despertó del estado de embriaguez en el que se en-
contraba, comenzó a gritar desesperado. Que se lo
habían picado, gritaba. Que lo habían anestesiado,
insistía acusador. Perdió mucha sangre. Estuvo

grave en el hospital y lo removieron de su empleo. Aún convalece. Aunque pudiera pensarse que su hijastro Miguel habría de estar muy triste por el asunto, resulta que la mayor parte del tiempo se dedica a jugar junto a nosotros, ya no le salen moretones y parece muy feliz.

Por esa misma época mi madre me castiga. Y me obliga a permanecer varios días sin salir a la calle a encontrarme con los muchachos. Resulta que de camino a llevar el encargo al veterinario perdí una de las dos jeringuillas. La yegua no pudo ser salvada.

8

Cuando todo regresa poco a poco a la normalidad, el Cano vuelve a afeitarme las molestosas lianas de vello silvestre que aún me crecen en la papada. Así que en el inicio del nuevo año escolar jugamos a escondidas lucha libre y hasta dibujamos sobre papeles de construcción robados de la clase de Arte.

El Cano no me permite hablarle de Ricardo. Me lo dice tajantemente la primera vez que lo intento.

Y me admite que si por ahí hay rumores de que alguna vez se besaron, solo son eso, rumores. Mentiras. Que no haga caso, me insiste.

Lo que sí me permite es que le hable de Johana. Me deja mostrarle las medialunas que dibujo y que luego pinto con acuarelas. Me pregunta si el muñequito que trazo sobre cada una de las lunas es Neil Armstrong alunizado. Yo le contesto que no. Que soy yo, añado. Yo, que cuando sea grande quiero ser astronauta. Cano me pide que le narre más historias. Y me insta a que le cuente cómo imagino el rostro de Johana luego que nos demos nuestro primer beso.

hijos de la tormenta

Cuento homenaje al texto
La muerte del presidente,
de Luis López Nieves

1

Conduzco el auto sobre las curvas de la carretera rural. A ambos lados del camino el follaje se va estrechando. La pista se vuelve cada vez más y más apretada. Es difícil conducir así. Comparo esta antigua vía con el recién estrenado expreso construido en Cataño, la nueva capital del país. Debo aceptar que los flamantes rascacielos de la metrópoli, sus puentes multiniveles —sobre todo aquel que lo une a la ciudad colonial amurallada— y las pavimentaciones más recientes han brindado un aire de sofisticación y adelanto a la zona norte de nuestra gran nación.

Sin embargo, en las pocas extensiones de campo y terreno agrícola que aún persisten al sur y centro sigue haciendo falta ver más avance, colocar más asfalto, construir con más hormigón y cemento para que realmente se vea que Puerto Rico progresa.

El auto que conduzco es pequeño, de marca japonesa. Es el transporte familiar asignado por el gobierno. Además de este, en casa tenemos una motora clásica, doble mofle y de asientos en cuero tratado que mi padre conduce.

Poco a poco se hace incómodo el trayecto y temo que de la nada y de pronto me quede sin carretera. En el asiento del pasajero va Roberto, algo mareado. Ha estado llorando a ratos. Se seca las lágrimas con las mangas de la camisa, suspira hondo y, pasados unos minutos en los que creo se calmará, regresa a sus sollozos. Trata de hablar. Murmura que algo estallará cerca de algo, y que algo no volverá a ser la misma cosa. Algo dentro de su pecho duele y se parece a algo que nunca entenderé. Finalmente la carretera se endereza y se amplifica, pero los lamentos de Roberto siguen igual de ininteligibles.

Logro conducir por una recta que nos dura varios minutos. El cielo se ha nublado, creo que lloverá. Sobre la planicie de matojos y yerbas marrón y verde que puede distinguirse a la izquierda, hay varias vacas pastando.

La vida es mierda; todo este pendejismo apesta, exclama Roberto, ahora en un tono más descifrable.

Digo que sí con la cabeza. Sé que tiene razón. Y justo cuando intento abrir la boca para dejarle saber cuánto lo comprendo, y dejarle saber que no pasa nada, consolarlo para que entienda que vale la pena sosegarnos, que hay que analizar el asunto y tomar las cosas con calma, suena el disparo.

Roberto se ha quitado la vida en el asiento del pasajero mientras yo conduzco.

2

Me llamo Mario, le digo a Roberto el día en que nos conocemos. Estamos en noviembre, justo antes de comenzar los festejos de la semana en Conmemoración a la Resistencia Indígena. El evento se celebra el día 19 de ese mes, de manera multitudinaria alrededor del mundo. Conlleva un llamado a realizar actos de vandalismo a cualquier estatua de Cristóbal Colón que aún se encuentre erigida. De hecho, hacia la Plaza Colón de la antigua capital, San Juan, es que nos dirigimos en busca del anhelado acto de pillaje anual. La actividad se celebra desde 1980, momento en que se dice que el planeta entero evolucionó a un estado de consciencia más pleno para derrocar los efectos del colonialismo y las conquistas barbáricas en la mayoría de los países no soberanos que quedaban.

Roberto repite mi nombre, luego de presentarse como nuevo integrante del grupo universitario. De inmediato realiza unos juegos de palabras, a modo de trabalenguas que van más o menos así: Mario, mareo, marea, mar, mera, mira, mara, avemaría, Maríano... A estas alturas ya la población general está acostumbrada a tratar con muchachos que padecen el espectro Asperger, y aunque no estoy del todo seguro de que Roberto sea un chico autista o algo parecido, le dejo pasar el palabra-grama, en principio.

Digo en principio porque se nota que él cree que es divertido, y algo en su sonrisa me amilana. Sin embargo, cuando me repite el coro de lo que ya se va convirtiendo en música molestosa, comienzo a mirarlo con seriedad y él lo nota, así que guarda silencio.

Nos asignan al mismo grupo de estudio. Compartimos con otros dos chicos y una chica. La profesora de Historia de Puerto Rico es abrumadoramente aburrida. Lo único que la salva es que se canta fanática irredenta de nuestra actual gobernadora, Dolores «Lolita» Lebrón Sotomayor. Si no fuera por eso, hace rato me hubiera dado de baja de la clase.

3

Los sesos de Roberto se explayan sobre el cristal frontal del auto, en su asiento y el mío, sobre el tablero y la guantera. Hay pedazos de carne color morada, rojo brillante y violeta oscuro, restregados en el cristal lateral que queda a su derecha. Podría jurar que hay pedazos de piel aún calientes, llenos de vida y palpitantes, desparramados en la alfombra y en la manivela de cambios. La sangre de Roberto es brillosa, viscosa, salada. Parte de la frente de Roberto ha caído sobre mi mejilla derecha. Creo que encima de mi labio superior y adentro de mi boca ha aterrizado un segmento de su ceja izquierda con todo y hebras.

Todavía estoy diciendo que sí con la cabeza, mientras intento exclamar que sé que tiene razón. Apenas inicio el movimiento para abrir la boca y dejarle saber cuánto lo entiendo, y dejarle saber que no está solo, y hacerle entender que vale la pena sosegarnos y analizar el problema.

Aún estoy a punto de considerar aconsejarle que tome las cosas con calma, que quizás podemos reunirnos con un psicólogo, un trabajador social, a lo mejor hasta con un psiquiatra. Entonces vuelvo a escuchar la detonación; entonces veo el disparo eyectarse de la pistola, o a lo mejor imagino que lo he visto. Creo incluso tener la certeza de haber observado la llama chispeante del arma. Casi puedo asegurar que me ha dejado ciego el destello.

4

La señora Jusino nos orienta con relación a cómo vamos a *grafitear*. Nos entrega las latas de pintura en aerosol y nos pregunta si recordamos las reglas.

Hay pautas que debemos seguir relacionadas con los actos de bandidaje concedidos por el gobierno a la luz de las celebraciones patrias. Todo siempre tiene un límite. Corremos hasta la plaza e iniciamos el proyecto pictórico con total libertad creativa. La chica que anda con nosotros, Paola, se emociona hasta el punto en que vandaliza también las escalinatas del recinto. Además, cruza la calle y pinta una estela de aerosol rojo sobre la pared frontal del Teatro Tapia. Cuando la profesora de Historia de Puerto Rico se da cuenta, ya es tarde.

Los primeros agentes de la policía llegan apenas pasan varios minutos. Otros grupos de estudiantes que se acercan hasta el lugar, provocados seguramente por el mismo deseo de celebración, se dan cuenta de la falta que se ha cometido. Se detienen a observar todo el proceso muy cerca de sus respectivos líderes y maestros.

Nuestra constitución y leyes son muy claras con relación al cuidado y respeto que debemos prodigar al patrimonio nacional. Cualquier lugar en el que se veneren las artes es considerado protegido. A Paola se le ha ido la mano.

Con algo de vergüenza me siento en la cuneta a escuchar las alegaciones de Paola, que a decir verdad se expresa de forma bastante irrespetuosa. La señora Jusino intenta disculparse con la coronel de la Policía de San Juan, pero cada cierto número de palabras Paola la interrumpe.

Es brava la nena, le digo a Roberto, quien recién decide sentarse a mi lado.

Está riquísima, contesta él por toda respuesta para luego añadir: Paola, caoba, baobab, bola, pelota, mamota, capota, bellota.

5

El 1 de marzo de 1954 se produce el exitoso ataque nacionalista de puertorriqueños al Congreso de los Estados Unidos. Tres hombres dirigidos por una mujer son los responsables. La fémina lleva por nombre Lolita Lebrón. Acto seguido los atacantes son apresados y declarados enemigos del régimen imperial. Se convierten en enemigos políticos de Norteamérica. Sin embargo, para todos los puertorriqueños los cuatro valientes equivalen a héroes de la patria. Durante esa época nace una de mis madres, Isabel.

En el ataque ningún congresista muere y los nacionalistas logran capturar la atención internacional al denunciar que el gobierno de Puerto Rico es una colonia maltratada, vejada y vilipendiada del imperio norteamericano. Por tal razón, nuestra isla comienza a recibir apoyo de potencias como España, Francia y Alemania como defensores de la democracia. La Organización de las Naciones Unidas también toma cartas en el asunto y exige a Estados Unidos que inicie acciones reparativas para liberar al pequeño país. Ante ese panorama, comienzan a hacerse marchas y protestas que exigen la excarcelación de los presos políticos, dentro y fuera de la isla.

Lolita Lebrón, líder del grupo, y sus compañeros, cumplen varios años de cárcel. Durante una marcha en la que participan millares de puertorriqueños que invaden las calles de Barrio Obrero en Santurce, Condado, Isla Verde y Carolina hasta concentrase frente al Tribunal Federal, cuya sede en la isla se encuentra en la llamada Milla de Oro en Hato Rey, mi madre biológica Isabel conoce a Alfonsina. Ambas llevan pancartas con el emblemático rostro de Lolita, quien se ha convertido en el símbolo de la revolución. Más adelante me contarán que aquel sentido de solidaridad y protesta las enamora.

Cientos de miles de hombres y mujeres de todas las edades portan carteles que reclaman la liberación de los prisioneros políticos. Las protestas se extienden por varios meses. Los chicos más pequeños cargan afiches de camino a la escuela y los mayores, carteles y cruzacalles de camino a sus trabajos. Todo el mundo exige que sean excarcelados; los cantantes componen música en honor a Lolita y sus hombres; los poetas declaman versos de liberación; los programas de televisión los veneran y recrean escenas, documentales, miniseries, películas.

Isabel y Alfonsina pasan a ser parte del Comité Pro Derechos Humanos de Cataño, organismo que se convierte en vocal y protagónico en la defensa de los nacionalistas. Se mudan juntas y emprenden una campaña afirmativa de pueblo en pueblo para educar sobre las injusticias cometidas hacia nuestra isla por los pasados años. En medio de ese peregrinar conocen a un muchacho dominicano residente de San Germán que acepta ser el donante de espermatozoides de mis madres, así que me conciben dentro del vientre de Isabel y bajo los afectuosos cuidados de mi progenitora de crianza, Alfonsina.

Lolita Lebrón es liberada el 29 octubre de 1970, mismo día que comienzan las contracciones de mamita Isabel. A la heroína Lebrón la liberan junto a sus compañeros en la lucha, gracias a un indulto que concede el presidente Richard Nixon. Cuentan que, debido al júbilo existente y la emoción que experimentaba el país entero ante tales noticias, a Isabel se le adelanta la labor de parto. Llego al mundo durante esa tarde de la liberación de quien luego se convertiría en nuestra gobernadora.

Tiempo más tarde, en una acción sin precedente y después de haber liberado a todos los presos políticos en suelo norteamericano, el presidente Nixon ofrece su renuncia del cargo en agosto de 1974. Ninguna de sus acciones previas a su dimisión pudo ser impugnada.

6

No poder llorar. No poder desahogarme. El tímpano aún afectado y no me sale ni una lágrima. Con algo de esfuerzo desacelero el vehículo japonés que conduzco. Me muevo hacia una de las veredas del camino y detengo el carro. Marco los dígitos del servicio de emergencias en el teléfono móvil. Trato de concentrar mi mente en lo que tengo que decir. Comienzo a escuchar el tono del discado y me paso la mano izquierda por la cara. Tengo sangre en la frente. Tengo sangre también en la nariz, en la quijada, en la camisa que llevo puesta, sobre el reloj. A mi lado Roberto no habla, no respira, no llora más.

7

El video muestra a Paola tomándose las pastillas. Una a una. Paola está sentada en posición de flor de loto sobre su cama. Viste unos pijamas alegóricos al personaje del famoso cuento *El principito*, decorados con flores y elefantes. Alrededor de Paola hay varias almohadas y otros cuantos libros.

Antes de la divulgación de aquel video por internet, siempre que Roberto se refiere a su novia Paola, lo hace confundido. Paola no es feliz, me dice en más de una ocasión. Paola quiere suicidarse, añade otras tantas veces. Es como si Paola se hubiera enamorado de la idea de quitarse la vida a como diera lugar.

Roberto y ella se vuelven íntimos una vez que concluyen los protocolos de multa y castigo por lo que Paola ha vandalizado. Se besan casi sin querer tan pronto se paga la fianza para su libertad. Él me cuenta que los labios de Paola saben a metal, pero que igual disfruta lamerlos, morderlos. Paola es acosada por un exnovio. El tipo ha colocado en una página de Internet todas las fotografías que íntimamente se han tomado juntos. Algunas los muestran besándose, otras abrazándose. Tres de las fotos revelan a Paola desnuda; sus anchos pechos expuestos, su peluda vagina visible y manifiesta.

De nada han servido las súplicas de Paola, el exnovio no elimina las imágenes de internet y eso la aflige casi todo el tiempo.

De inmediato Roberto se entera de las Benadryl que constantemente toma Paola. Al parecer es muy, muy alérgica al polvo, a los ácaros, al ambiente húmedo de la isla, o eso alega ella. Una que otra vez, si sale con nosotros a la discoteca, trae con ella Klonopin y Percoset. Los toma mezclados con algún licor y los ofrece a los demás de manera muy simpática y serena. Insiste en premiar al que se beba alguno que otro coctel con ella, y los premios van desde besos prolongados de lengua o masturbaciones de esquina hasta mamadas profundas.

La mayoría de las veces Roberto resulta ser el galardonado.

8

Cuando Dolores Lebrón es liberada y mamita Isabel da a luz, todo es gozo.

Isabel y Alfonsina realizan una ceremonia simbólica en la que ambas se visten de blanco y celebran su amor con los pies descalzos sobre las arenas de la Puntilla, un pequeño pedazo de playa del pueblo costero. Invitan a los familiares que están a favor de su unión y desdeñan a aquellos que alegan no estar del todo convencidos. Igual no hacen falta. Eso lo aprenderé con el tiempo.

En 1975, Dolores «Lolita» Lebrón Sotomayor es elegida gobernadora de la isla por mayoría abrumadora. De inmediato pone en vigor algunos proyectos de prioridad necesarios para su isla: vivienda segura para invasores de casas y terrenos, auto familiar concedido por el gobierno para familias que lo necesiten, y una legislación titulada Ley de Genealogía Reparativa aplicable a todo puertorriqueño descendiente de amo o dueño de esclavos que los obliga a dividir sus fortunas acumuladas hasta el momento con otros menos privilegiados.

Mientras tanto, yo comienzo a asistir a la escuela y poco a poco me convierto en una niña estudiosa y obediente.

9

Le cuento a Roberto que mis madres son lesbianas y que mi padre es un emigrante dominicano. Esa tarde él se me queda mirando asombrado y me dice: He aprendido a entender a Paola. Ya sé por qué se quiere matar.

Enseguida le pregunto por qué, a lo que Roberto contesta: *Este pendejo mundo está loco.* ¿Cómo es eso de que tienes dos madres y son lesbianas? ¿Cómo es eso de que tu padre, que en realidad no es tu padre, es dominicano?

Las tres noches siguientes a esa dormiré mal. En la cuarta noche lloraré hasta el cansancio y aprenderé de cerca lo que es el rechazo. El rechazo por parte de alguien tan cercano. Por alguien del cual no te esperabas desprecio semejante. Roberto es también un ser humano diferente y sin embargo, o a pesar de eso, ha sabido lastimarme.

Durante el resto del semestre lo mantengo lo más lejos posible de mí. No contesto sus saludos y hago caso omiso cuando la profesora nos incluye en un grupo de estudio para discutir uno de los tópicos del prontuario.

Pero todo cambia justo el día de la muerte de Paola.

La muchacha coloca la grabadora de video personal que pertenece a su padre sobre el buró de su habitación. Mueve sus estuches de maquillaje y le hace espacio para cuadrar el ángulo. Se sienta sobre la cama, entre libros y almohadas de colores. Abre el primer envase de pastillas Benadryl y se toma con una botella de tequila las primeras treinta. Luego abre el segundo envase que contiene calmantes recetados y lo engulle en su totalidad, tragándolo con el licor. Repite el ritual con el tercer y cuarto envase mientras observa fijamente a la cámara y sonríe. Entonces se marea, se cae hacia la izquierda, sobre las almohadas. Se agarra el estómago, como si sintiera dolor, y así, con extrema lentitud, se va quedando dormida.

10

Llego a pensar que Roberto se deprime ante la partida de Paola. Quizás por eso comenzamos a pasar mucho tiempo juntos, sentados uno al lado del otro, callados. Miramos al mar desde el malecón de Cataño. Desde allí observamos por largas horas el puente que une a las dos ciudades, las dos capitales de la patria, la antigua y la nueva. El acceso vial comienza en lo que antes era el Terminal de las Lanchas y culmina en el acceso cercano a la Puerta de San Juan, cerca de la antigua Fortaleza. Los mejores amaneceres pueden divisarse desde esa latitud. Lo sé porque Roberto me ha pedido que lo acompañe a ver cuarenta y tres de ellos.

Roberto a veces me toma de la mano.

La primera vez que sucede la retiro, puesto que no sé cómo reaccionar. Sin embargo, al día siguiente, vuelve a estirar su brazo y entonces yo lo permito.

Roberto sonríe y dice: *Mario, mareo, marea, mar...*

Yo trato de hacerle coro y exclamo: Roberto, boquiabierto, entreabierto, despierto. Comienzo a entender que a Roberto le gustan los ritos. Aquellos amaneceres se acompañan de algunos atardeceres que entonces también decidimos atestiguar desde la bahía.

Es precisamente desde un atardecer de otoño que Roberto aprovecha la oscuridad después de la puesta de sol y se acerca. Y me besa. Y me dejo besar.

11

Son muchas las conversaciones que preceden a un acto como aquel. A un beso. Hay gente que necesita explicaciones. Roberto es una de esas gentes.

Por eso le cuento que Lolita Lebrón ha sido reelecta por segundo término en la elección de 1979. Es durante ese tiempo que mis madres y yo celebramos mi cumpleaños número doce en 1982. Y es en ese momento que nos damos cuenta de lo que sucede.

Como he mencionado antes, a estas alturas ya asisto a la escuela y poco a poco me convierto en una niña estudiosa y obediente. También, como ya le he contado, mi padre, o el donante de esperma que permite que mis madres me traigan al mundo, es originario de República Dominicana. Proviene de un área denominada Salinas, al suroeste del país, una remota villa donde se da un fenómeno singular que ha sido documentado por médicos y expertos de ciencia: los güevedoce.

Ser un güevedoce significa nacer hembra, completamente niña, y al cabo de alcanzar la pubertad desarrollar un crecimiento inusitado de genitales de macho. El clítoris se alarga hasta el punto de convertirse en un pene funcional. Aparecen testículos y se cierra la abertura de la vagina. Todo esto de manera espontánea y sin intervención extrínseca alguna. Así que todos los güevedoces hemos sido mujeres antes de los doce años, y luego de esa edad comenzamos la conversión a varón. El fenómeno se estudia desde 1970, año en que la endocrinóloga Julianne Imperato, de la Universidad de Cornell, anuncia su descubrimiento. Los responsables de la anomalía son la enzima 5a y la hormona DIIT, según se desprende de un artículo publicado en *Berkeley Medical Journal.* Así las cosas, soy un güevedoce como muy seguramente lo ha sido mi padre, y quién sabe si incluso mi abuelo.

Roberto, boquiabierto, entreabierto, despierto, deja de hablarme. Aprendo a decir a solas aquel sonsonete, porque ya a estas alturas no recibo respuesta de su parte.

12

Los trozos de Roberto desperdigados en el auto lo convierten en un ser sin vida; es un ente que ya no busca mi mano ni me prodiga besos. Quisiera repetirle que, aunque sigo siendo su Mario, mareo, mar... no debe afligirse. Quiero consolarlo. Decirle que vale la pena sosegarnos. Quisiera explicarle que no importa que haya besado a un hombre porque no he sido siempre un hombre. Que para él, en secreto, puedo ser una chica, una niña, una novia, si eso es lo que desea. Su María, su marina, su marea.

Nunca entenderé por qué Roberto desaparece; por qué deja de existir tan de repente, tan destrozado en pedazos. Acaso preferirá lo no binario, la no dualidad que representa dejar de ser. Acaso la vida para él es solo mierda; todo será pendejismo... Desde ya, en este silencio inmisericorde, extrañaré a Roberto, abierto, desierto, muerto.

Títulos de la colección Narrativa

En otras palabras
Claire McNab

Pintando la luna
Karin Kallmaker

Con pedigree
Lola Van Guardia

Diario de Suzanne
Hélène de Monferrand

Nunca digas jamás
Linda Hill

Los ojos del ciervo
Carlota Echalecu Tranchant

La fuerza del deseo
Marianne K. Martin

Almas gemelas
Rita Mae Brown

Un momento de imprudencia
Peggy J. Herring

Plumas de doble filo
Lola Van Guardia

Vértices de amor
Jennifer Fulton

La mujer del pelo rojo
Sigrid Brunel

Si el destino quiere
Karin Kallmaker

Historia de una seducción
Ann O'Leary

Un extraño vino
Katherine V. Forrest

El secreto velado
Penny Mickelbury

Un amor bajo sospecha
Marosa Gómez Pereira

Un pacto más allá del deseo
Kristen Garrett

La mansión de las tríbadas
Lola Van Guardia

Ámame
Illy Nes

Hotel Kempinsky
Marta Balletbó-Coll / Ana Simón Cerezo

Dime que estoy soñando
Jane Jaworsky

La abadía
Arancha Apellániz

Otras voces
VV.AA.

Palabras para ti
Lyn Denison

Taxi a París
Ruth Gogoll

Secretos del pasado
Linda Hill

Ese abrazo que pretendía darte
Karin Kallmaker

Un buen salteado
Emma Donoghue

Date un respiro
Jenny McKean-Tinker